KB071113

용　혜원

사랑 시집

용혜원

용혜원 시인은 1986년 KBS 〈아침의 광장〉에서 시 「옥수수」를 발표, 황금찬 시인의 추천을 받아 1992년 《문학과의식》을 통해 등단했다. 1986년 11월 첫 시집 『한 그루의 나무를 아무도 숲이라 하지 않는다』를 시작으로 지금까지 『함께 있으면 좋은 사람』 등 82권의 시집과 『용혜원 대표 명시』 등 12권의 시선집, 총 193권의 저서를 출간했다.
수십 년 동안 독자들의 사랑을 받고 있는 용혜원 시인은 지금도 수많은 강연과 활발한 시작 활동으로 바쁜 나날을 보내고 있다.

용혜원 사랑 시집

—

1판 1쇄 2009년 8월 3일
2판 1쇄 2017년 11월 30일
2판 3쇄 2022년 11월 11일
지은이 용혜원
펴낸이 김영재
펴낸곳 책만드는집

—

주소 서울 마포구 양화로3길 99, 4층 (04022)
전화 3142-1585·6
팩스 336-8908
전자우편 chaekjip@naver.com
출판등록 1994년 1월 13일 제10-927호

—

ISBN 978-89-7944-637-1 (03810)

용 혜원

사랑 시집

책만드는집

차 례

episode 1
지금 이대로가 좋아요

episode 2

외로운 섬 하나

episode 3

그리움의 문턱에 앉아

episode 4

우리 함께 걸으면

시란 시인의 언어이며 몸짓이며 생명이다

episode 1

지금 이대로가 좋아요

그대 달려오라

그리움을 하나씩 걷어내면
그대 올까

겹겹이 쌓인 정을 지우려고
소멸을 거듭해도
지워지지 않는다

가슴에 떠도는
욕망의 피 어쩔 수 없어
남모를 깊고 은밀한 사랑에
넋 잃고 빠졌다

까무러치도록 보고 싶어
가슴이 까맣게 타버려
고통의 벌집이 되고 말았다

마음을 가로질러 떠나가 버려
야위고 수척해지는 것을
어쩔 수 없다

그대 달려오라
꺼질 듯 꺼질 듯 이어가는
그리움의 눈언저리에
슬픈 눈물이 고인다

사랑의 길

삶의 길목 한복판에서
상처뿐인 온몸이 저려와
오만상을 찌푸렸다

마지막 판에 잘못 끼어들어
힘도 써보지 못하고 나동그라져
거친 숨만 몰아쉬었다

속이 새까맣게 타들어 가지만
비명도 지르지 못하고
도망치지도 못했다

내 마음을 흠씬 두들겨 맞은 듯
슬픔에 감염되고 말았다

희미하게 나 있던
사랑의 길이 또렷하게
보이기 시작하면
한껏 들떠서
평화로움 속에 쉬고 싶다

눈 오는 날이면 생각나는 사람

한겨울에 느닷없이
하얀 눈이 펑펑
쏟아져 내리는 것은
참으로 기분 좋은 일이다

눈 오는 날이면
정겨워지고
눈을 맞으며 같은 길을 걷고 싶어
생각나는 사람이 있다

눈이 내리면
내 마음을 전하고 싶다

눈 오는 날
하얀 눈을 다 맞으면서도
고백하지 않았던
아쉬움이 남아 있다

눈이 내리면
먼 산으로부터
가까운 나무 한 그루까지
설국의 축제를 시작한다

눈은 하늘이 선물한
가장 깨끗하고 순수한 표현이다

아무 말 하지 마

아무 말 하지 마
알고 있어
눈을 보고 있으면
무슨 말을 하고 있는지 다 알아

가만히 있어
지금 이대로가 좋아

변명하지 마
누구나 실수할 수 있는 거야
핑계 대지 마
누구나 잘못을 할 수 있는 거야
딴청 피우지 마
누구나 넘어질 수 있는 거야

순수함이 좋아
가식 없는 네가 좋아
그래서 사랑하는 거야

벚꽃 피던 날

이 봄날
누가 사랑을 시작했나 보다
푸른 하늘에 꽃 축포를
마구 쏘아대고 있다

꽃이 화창하게 피어나는 기쁨이
이렇게 충만할 수가 있을까
꽃이 신나게 피어나는 기쁨이
이렇게 행복할 수 있을까

웃음 꽃다발이
온 하늘을 가득 덮어나가고 있다

두 손을 벌리고
마음껏 노래하고 싶다
춤추고 싶다
마음껏 뛰고 싶다
사랑하고 싶다

나를 기억하고 있는가

나를 기억하고 있는가
함께한 순간들이
얼마나 행복했었던가를
언제나 기억하며 살 것이다

매력적인 모습이 황홀하게 만들어
놀란 눈빛으로
날 바라보도록 달려가고 싶다

게으름이 아직도
마음을 움직이지 못하고
고백도 하지 못했다

외로움이 까맣게 타다
남겨놓은 찌꺼기가
고독이다

고독에서 탈출하여
사랑에 빠진 사람은
행복한 사람이다

뜨겁게 포옹하라

이별도 되풀이되면
골병이 들어
세차게 바람 불던 날
울었다

유난히 곱고 고와
홀딱 홀린 사람처럼
바라보고 있으면
모든 것이 멈추고 말았다

텅 빈 가슴을 채우고 싶어
그리움의 사다리 꼭대기에는
항상 먼저 올라가 있다

불타도록 격정으로 몰입하며
숨 가쁘고 감촉 있는
사랑을 할 수 없다면
무슨 의미가 있는가

버티고 견디고 살아도
안개처럼 아스라이 사라지고
침몰할 수밖에 없는데
서로 기대고 싶을 때
뜨겁게 포옹하라

지금 사랑하지 않으면

지금 사랑하지 않으면
언제 다시 할 수 있을까

외로울 때 바라보는
눈동자가 자꾸만 와 닿아
마음이 동하는데
가슴 깊이 울릴 사랑을 하자

훌쩍 떠나가 버린 후에
네 사랑이 너무 강렬해서
고통인 줄 알았는데
모든 것은 지워지고
남은 것은 구슬픈 곡조뿐이다

고통의 시곗바늘이 숨차게
째깍거리며 소리를 질러대도
짓궂은 운명조차 훼방하지 못하도록
마음 움직이는 대로 가자

칠흑 어둠의 절망 속에

피곤이 끼어들어 핏발 선 눈빛도

머물 곳을 찾았으니

시련의 먹구름을 뚫고 밝아오는

이 화창함이 얼마나 좋으냐

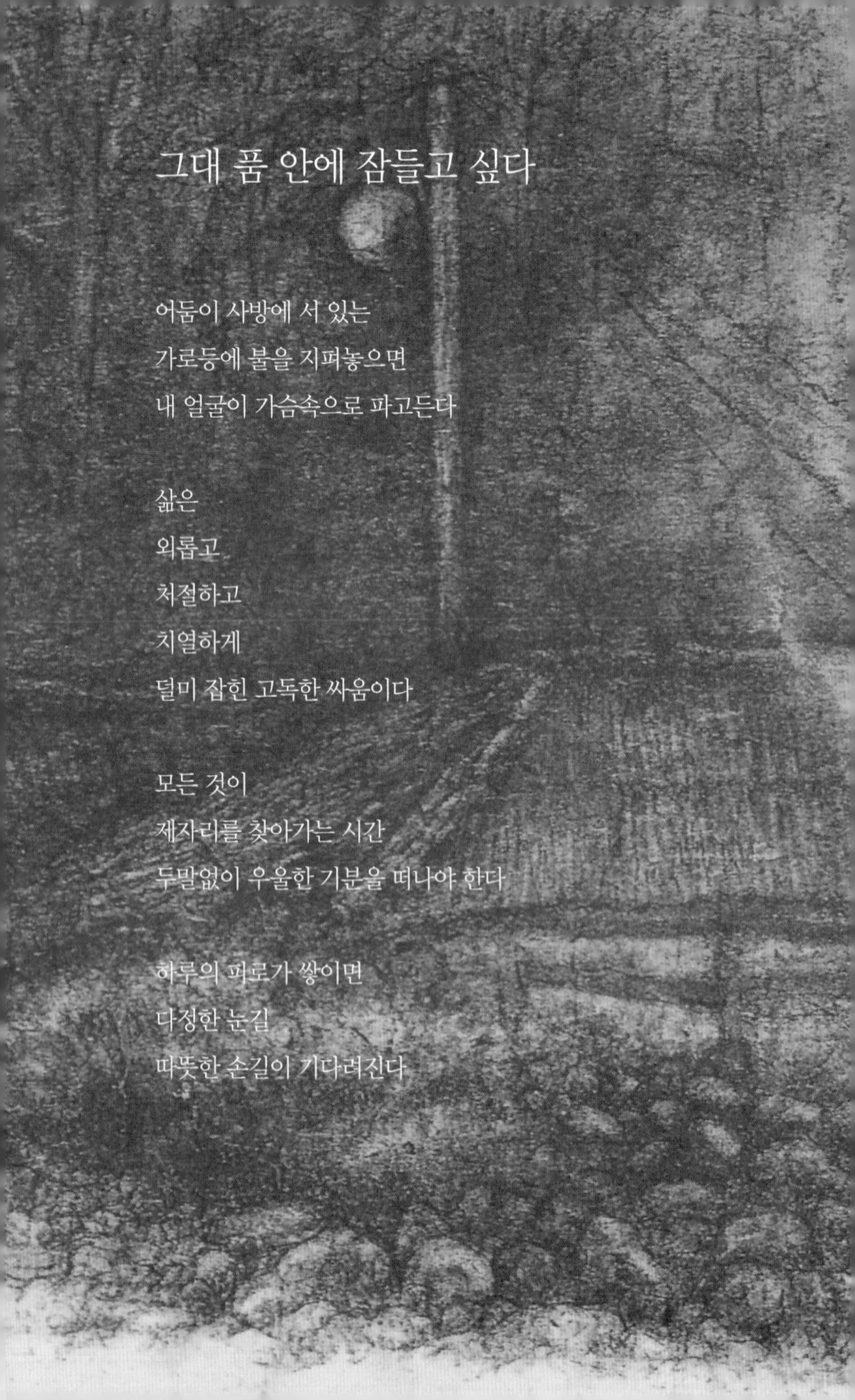

그대 품 안에 잠들고 싶다

어둠이 사방에 서 있는
가로등에 불을 지펴놓으면
내 얼굴이 가슴속으로 파고든다

삶은
외롭고
처절하고
치열하게
덜미 잡힌 고독한 싸움이다

모든 것이
제자리를 찾아가는 시간
두말없이 우울한 기분을 떠나야 한다

하루의 피로가 쌓이면
다정한 눈길
따뜻한 손길이 기다려진다

유혹은 찰나의 순간에 매혹적이지만
가슴 깊이 갈망하는 것은
목숨이 다하는 날까지 아름답다

어둠 속에서 아쉽게
골수에 사무치도록
산더미처럼 쌓인 피로를 풀고 싶다

이토록 좋을 수가 있을까

이토록 좋을 수가 있을까
이토록 기쁠 수가 있을까

정말 모르겠다
정말 모르겠다

네가 나였으면 좋겠다
내가 너였으면 좋겠다
들통이 난들 어떠냐 좋아하는데

내가 살기 위해서는
예쁜 구석이 참 많은
네가 있어야 나는 견딜 수 있다

얼마나 좋으면
오죽 좋으면 이렇게 팔딱팔딱
뛰면서 좋아할까

내일을 나에게 선물로 준
너에게 감사한다
너의 마음속으로 여행하고 싶다

사랑하는 너를 보고 있으면

불타오르는 심장을
느껴본 사람이
진실한 사랑을 할 수 있다

가슴이 벅차도록
사랑이 스며 들어와
편안함이 충만해진다

서투른 재치와 농담 속에
더 큰 웃음이 터져 나온다

사랑하는 너를 보고 있으면
감격하고 흥분하고
전율한다

내 마음 한구석으로
흘러 들어온 사랑이
촉촉이 적셔놓았다

우리 함께 걷고 또 걸으면

아름다운 풍경을 바라보며
우리 함께 걷고 또 걸으면
동행하는 기쁨 속에
정겨운 사랑을 나눌 수 있다

햇볕이 따스하고
바람이 간간이 부는 날
정겨운 이야기를 나누면
평상시 멀게만 느껴지던 길도
가까워진다

우리 함께 걸으면
의기소침에 꽉 닫혀 있던
마음의 문도 활짝 열 수 있다

경치 좋은 곳에서
잠시 발걸음을 멈추고
한 잔의 커피를 함께 마시면
삶의 기쁨을 만끽할 수 있다

다정한 눈길로 바라볼 때

다정한 눈길로 바라볼 때
마음을 사로잡는
그 힘이 얼마나 놀라운가

희망 속에 유쾌하다
미움과 절망이 사라지고
고통조차 달콤하다

썩 유쾌하지 않았던 생각이
질서를 찾아주고
엉키던 모든 것이 풀어져
한동안 느껴볼 수 없었던
정겨움을 맛보았다

마음을 비우고
숨길 것이 아무것도 없기에
깔깔거리며 웃기를 좋아하고
가슴 두근거리도록 머릿속에 자꾸만
너의 모습이 그려졌다

사랑을 나누는 시간

삶 속에 가장 멋진 시간은
사랑을 나누는 시간이다

분홍빛 감도는 얼굴과
다정한 눈빛이
마음을 일깨우고 있다

늘 따뜻하게 맞아주는
네가 고맙다

깊은 슬픔에서 떨어져

불안에

시달리지 않아도 된다

다리 쭉 뻗고 잠들고 싶다

하늘을 보며

미친 듯이 웃고도 싶다

우리 사랑을 꽁꽁 묶어놓으면

행복 덩어리가 될까

사랑보다 감성적인 것이 어디에 있는가

너를 생각하고 산 세월이
한정 없이 길어도
만나면 길게 느껴지지 않았다

지워졌던 얼굴이 자꾸만 떠올라
증발해버린 세월 동안
안절부절못하고 발만 동동 굴렀다

늘 보고 싶어
떨리는 몸짓으로 울어야 했다
네가 보고 싶어
눈앞에 아무것도 보이지 않았다

마음 한 모서리 헐어
돌아올 길을 만들어놓고
온 마음으로 해야 한다

사랑보다 감성적인 것이 어디에 있는가
애정으로 곱게 물들며
두 팔로 너를 껴안고 싶다

다시 한 번 보고픈 사람

까무러치도록 보고 싶어
목마르게 보고픈 사람
다시 한 번 만나고 싶다

누구나 마음 한구석에
창문 하나 열려 있어
지나간 추억의 골목길에서
한 번쯤은 뛰쳐나오고 싶다

세월이 지나가고
나이가 들면 잊히고 말 텐데
어디에 살고 있을까
어떻게 살고 있을까
한 번쯤은 소식이 오겠지
기다리며 살아간다

마주 바라보고 싶고
함께 거닐며 살아온 이야기를
아무런 부담 없이 나누며 웃고 싶다

그렇게 보고 싶고
궁금해 다시 만났는데
예전에 좋아했던 모습이
아니면 어떻게 할까

episode 2

외로운 섬 하나

그리움의 끝은 어딜까

떠나간 길에
보고픔이 꽃으로 피어나더니
세숫물에 얼굴이 떠오른다
미쳤나 보다

그리움의 끝은 어딜까
각박한 세상에서
이 마음 하나 갖고 살기에
살고픈 욕망이 그만큼 강하다

왜 지워질 수 없도록
각인시켜놓고 떠나
못 잊게 하는가

왜 이리 나만
가슴이 텅 비어 피가 마르는지
왜 이리 나만
가슴이 시려오는지
발을 붙일 곳이 없다

바닥난 갈증 탓에
떠나간 발자국이
가슴에 고스란히 새겨져 있다

기적같이 찾아온 너를

기적같이 찾아온 너를
삶 한복판에 새겨놓았는데
누가 지울 수 있을까

비쩍 말라버린 감정에
무슨 타령이냐 말하지만
가슴이 미어지고
가슴이 먹먹한데 어쩌란 말인가

처음만 좋으면 무엇 하나
끝까지 좋아야지

소박하게 살면 어떠냐
정들어 살면 그만이지

서로 볼 비비면
얼마나 정겹고 좋은 일인가
가물가물 타오르도록
애간장을 녹이며 기다리고 싶다

네 마음을 알 수만 있다면
천하를 얻은 듯 펄쩍 뛰며
곡조에 발 맞춰 춤추고 싶다

나를 떠나 너에게로 가고 싶다

정겨움이 쏘옥쏙 움터 올라
반가운 목소리가 귓전을 때리며
가슴을 울린 날이 얼마나 많은가

늘 눈에 선하고
심장의 피가 뜨거워지는 것은
원하고 부르는 것이다

참 안타깝다
겉으로 빙빙 도는
마음을 헹궈내고 싶다

아직은 세월은 가고 남아 있지만
남아 있는 세월도
떠나야 할 시간이 온다

눈이 빠지게 기다리는
시간에 대롱대롱 매달려
살아가는 것이 얼마나 괴로운가
나를 떠나 너에게로 가고 싶다

그대 다시 돌아온다면

그대 다시 돌아온다면
벌집을 쑤셔놓은 듯
속을 끓여 짜증 나고 괴로웠던
날들도 사라질 것이다

홀로 있는 시간이
잦아지고 길어질수록
외롭고 나약해지고
무기력해진다는 것을
뒤늦게 번개 치듯 깨달았다

미움도 갈등도
쌓였던 분노도 껍질을 벗겨
홀가분하게 받아들이면
행복이 가득해지는 것을 알았기에
사사로운 감정에 휘둘리기 싫었다

불편한 느낌을 주고
한동안 못살게 괴롭히던
혼란스럽던 일들도
별로 아쉬울 것도 없이
허공으로 사라질 것이다

외로운 섬 하나

삶의 외곽에 남아 있는
외로운 섬 하나

그 섬에
누가 찾아올까

심장이 오그라드는 듯한
무료한 고통에 소스라쳐 놀라고
회한에 빠진 사람처럼
깊은 생각에 잠겼다

잊는다는 것도
잊지 못하는 것도
슬프고 쓸쓸한 일이다

누군가 찾아오면
환성을 지르며
팔 벌려 꼭 안고 싶다

2008 개나리 지노

추억 하나쯤은

추억 하나쯤은
꼬깃꼬깃 접어서
마음속 깊이 넣어둘걸 그랬다

살다가 문득 생각이 나면
꾹꾹 눌러 참고 있던 것들을
살짝 다시 꺼내보고 풀어보고 싶다

목매달고 애원했던 것들도
세월이 지나가면
뭐 그리 대단한 것도 아니다

끊어지고 이어지고
이어지고 끊어지는 것이
인연인가 보다

잊어보려고
말끔히 지워버렸는데
왜 다시 이어놓고 싶을까

그리움 탓에 서먹서먹하고
앙상해져 버린 마음
다시 따뜻하게 안아주고 싶다

풋풋하게 사랑할 수 있다면

늘 무슨 사연을 만들고
아픔만 생성하려 해
너무나 아프다

늘 거부하는 몸짓에 시달려
고독에 처박힌
얼굴이 보이는가

늘 잔영처럼 남아 있다가
스멀스멀 가슴속으로 파고들어
지울 수가 없다

본심을 알고 싶다
헝클어진 생각 속에
똬리를 틀고 있는 까닭이 무엇이냐
오금을 펴고
살아온 날이 없다

녹이 묻어나
지우고 지우려고 버둥거릴수록
아픔의 농도가 더해가지만
풋풋하게 사랑할 수만 있다면
간담이 서늘한 고통도 한순간이다

커피 한 잔

커피 한 잔이
기분을 확 바꾸어놓는 날
세상 살맛이 난다

사는 것이 이런 것이 아닐까
쓸쓸한 날도
우울한 날도
외로운 날도
한 잔의 커피가
기분을 상쾌하게 만들어줄 때
신이 난다

따끈한 커피가
입에 착 달라붙고
목줄기로 넘어가
가슴을 따끈하게 데워준다

나도 누군가의 가슴을
한번 따뜻하게 만들어주고 싶다

외로움을 무엇으로 감싸주어야 하는가

그 누구보다
잘 알 것이다

맨가슴에 불지를 때는 언제고
외면할 때는 언제인가
이토록 마구 흔들어놓고
모른 척하면
외로운 떨림을 어떻게 하나

어린아이처럼 장난이라도 치고
어린아이처럼 웃고 싶은데
이를 어떻게 하나

우습게 장난치듯 떠나면
곱게 잘 든 정이 뭉텅뭉텅 떨어져버려
심장 한가운데를 찔러놓은 것 같다

이토록 넋두리를 외쳐보아도
뿔뿔이 흩어지고 잊을 수 없어
걸신들린 듯 감질나는데
무엇으로 감싸주어야 하나

외로운 날에는

외로운 날에는
마음이 부서져 버려도
허물 벗듯 고통에서 벗어나고 싶다

진저리 치도록 아픈 눈물이 고여
서러움에 울고 싶어도
속눈물은 보이고 싶지 않다

끝내 죽지 않고 살아서
꽃 피어날 것이다

간간이 들려오는
깨어진 소식의 파편에 맞아
저리도록 아파오더라도
맑게 닦아놓고
다시 보여주고 싶다

눈앞이 침침해오는데
사무치는 마음을 어떻게 표현해야 할까

이 세상 어디 있어도
시간이 아무리 흘러가도
추억은 그대로 남아 있다

너를 잊을 수 없다

너를 잊을 수 없다
같이 보낸 세월이
얼마나 아름답게 남아 있는데
어떻게 잊고 살라는 것인가

감싸주는 숨결 가시지 않고
덜미가 잡혀
선명하게 남아 있는데
어떻게 잊고 살라는 것인가

떠나면 살아갈 의미조차 없어
비명을 지르고 싶도록
절망이 가득한데
어디로 가라 하는가

회색으로 분칠한
아무런 가치 없는 세월을 떠나
춥고 길었던 시련을 벗어버리고
아름다운 물감을 풀어
새롭게 그려가고 싶다

사랑의 물결을 따라

내 마음을 담아낼 출구를
아직도 찾지 못했다

미워하면 할수록
미움은 싫증 난 표정의
찌꺼기로 남을 뿐이다

너를 밀어내고 남은
단조로운 슬픔이 싫어
내 마음의 울타리를 넘어가고 싶다

사랑하는 마음이
움직이기 시작했다
사랑의 물결을 따라 흐르고 싶다

운명적인 외로움에
시달려 한숨을 쉬며
생각해보아도
남은 삶은 너를 따르고 싶다

친근하게 남아 있는 자취가
심장을 흔들기 시작해
더 이상 미룰 수 없어
고백할 수밖에 없다

슬픈 추억의 마지막 장면

알 것도 같고
모를 것도 같은
네 마음을 훔치고 싶다

골수에 사무치도록 그립기에
꼭 맞는 말을 찾아
수없이 고백하고 싶다

감동의 세월이 만들어놓은
가지에 열린 열매는
상큼하고 달콤하다

골똘히 보고 있으면
심장은 셀 수 없게 뛰는데
받아줄 수 있다니
얼마나 행복한 일인가

목숨이 세월 속으로
아련하게 사라질 때까지
슬픈 추억의 마지막 장면이 되지 않도록
가슴속 깊이 간직하고 싶다

다시 찾아올 것만 같은 길에서

온몸이 아프고
감질나서 눈물 흘릴 뻔했다
속앓이 백날 해보아도
아무 소용 없어
뛰쳐나갈 뻔했다

달이 뜨면
마음의 창이 열리고
구름이 몰려오면
마음의 창이 닫혔다

머리칼 헝클어지듯 헝클어져
뭔가 뒤숭숭한데
다독거려주는 따뜻함을
언제 다 갚을 수 있을까

보고픔이 마구 쏟아져
씨알이 점점 더 굵어가는데
어찌해야 하는가

눈물 쏟으면 모든 것이 젖는데
말머리 돌리지 마라
다시 찾아올 것만 같은 길에서
새로운 세상을 찾고 싶다

외로울 때는

외로울 때는
밤하늘의 별도 더 밝게 빛난다

언뜻 스치고 지나간 줄 알았더니
오랜 후에야
관통한 것을 알았다

먹구름이 가슴을 찢어
비를 쏟아부을 때처럼
찢어질 듯 아파왔을 때
경고음이 울렸다

절망이 바짝 다가와
갉아먹기 시작할 때
지치고 힘들어
꿈속에서도 이름을 불렀다

늘 도사리고 있는 이유를
속속들이 알고 싶었는데
마법이 드디어 풀렸다

늘 떠돌아야 했기에
놓쳐버린 것들이 많지만
짧았던 순간이
진한 감동으로 남아 있다

episode 3

그리움의 문턱에 앉아

다시 돌아온다는 말에

다시 돌아온다는 말에
메마른 몸 서걱이며
쓸쓸하게 울어야 할 순간에도
기다리고 있다

고독이 뼈를 상하게 하고
절망이 비참하게 몰고 가지만
남아 있던 정이
떠날 수 없게 붙잡아 놓는다

생각의 밑바닥에 웅크리고 있던 네가
튕겨 올라 뒤척이는 밤이면
가슴팍이 멍들도록 그리워도
다시 만날 수 있다는 생각에 잠든다

떠나보내는 순간 아찔해
꾹꾹 눌러놓았던 그리움이 돋아나
홍수에 뚝방 터져버린 듯
서글픈 눈물을 흘렸다

다시 돌아온다는 말에
뜬소문이 떠들썩 나기를 바라며
사랑했다는 것을 알았다

마지막 작별 인사

마지막 작별 인사는 없었다
포옹도 없이 손도 흔들지 않고
낯설게 떠났다

점점 아득해지는 목소리
희미해지는 얼굴이
지워지고 사라져야 할 텐데
생생하게 살아남아 있다

고뇌에 짓눌려 가슴이
맨땅처럼 딱딱하게 굳어지고
고독이 묵직하게 뭉쳤다

단칼에 무 자르듯
황당하게 떠나가 버려
고독에 얼큰히 취해버렸다

이별도 사랑했기에 만들어진
슬픈 추억의 한 장면이다
이별이 있기에
슬프도록 아름답다

당신은 잊을 수 있어도

당신은 잊을 수 있어도
나는 잊지 못한다

단번에 내지를 듯
달아나 버려도
남겨놓은 것들이 너무나 많다

가득 채우지 못해
허공에 걸려 있는 듯한데
사랑이 싹트는 것을
보고 싶을 뿐 다른 욕심은 없다

허물어지고 말 운명인데
자꾸만 흔들린다

성가신 듯 눈초리가
쪼개어지도록 쳐다보더라도
뚫어지고 찢어진 마음을
꿰매어놓아야 한다

팍 그어놓아
불붙여 놓고 간
사랑을 유지하고 싶다

이별을 읽을 수 있다

애달픈 생각만으로
살기가 싫어
떠나보내기가 정말 싫다

신비스러움에
호기심이 점점 가득해지고
숨이 콱 막히도록 좋다

싱싱하게 약동하는 모습을
보듬어 안고 싶고
귀에 입을 쫑긋대고
흡족할 만큼 말을 하고 싶다

눈물겹도록 좋아서
상상 속에만 머물러 있던
무늬와 빛깔을 만들어가고 싶은데
가늘게 흔들리는 눈빛에서
이별을 읽을 수 있다

참 오랜만에 만났다

추억의 낡은 헛간에 남겨두었다가
참 오랜만에 만났다

늘 연민을 느끼며
끌어안고 살다가
풀어놓았다

이별이 두려운 것이 아니라
영영 떠날까 그리워했는데
그 오랜 날들은 어디로 달아나고
항상 곁에 있었던 것만 같다

꼭 한 번만이라도 만나
슬픔의 각질을 벗겨내고
내 마음을 통째로
보여주고 싶었다

얼마나 억울한 세월인가
늘 숨죽이고 기다리며
보고 싶어 살아남았다

잊은 적이 없어
샅샅이 살펴보고 싶었는데
믿을 수 없도록 달라진 모습에
모진 삶이 원통스럽다

사랑을 놓친 슬픔

사랑을 놓친 슬픔에
눈물도 잘 마르지 않고
마음이 조각나 버린다

그리워하던 마음이
갑자기 증발해버리면
마른 북어처럼 비썩 마르고
버림당한 망아지처럼
후줄근해져 의욕마저 상실한다

목소리가
휘감아 소리쳐 들려오면
뜨거운 입맞춤으로
흐름에 모든 것을 맡기고 싶다

잊혔던 것들을
다시 떠올리면
그리움의 호수에 빠져버린다

군더더기 변명은 던져버리고
드나들지만 말고 머물러라
사랑을 위하여 시를 쓴다

너도 외로웠을 것이다

도피는
행복을 위한
탈출구가 아니다

삶에는 항상
슬픔과 기쁨이 뒤섞여 있다

겉치레를 벗어던져야
홀가분하게 살 수 있다
불러주기를 바라지 말고
다가가야 한다

허전하고 서러운 삶에
운명이 만들어놓은
고통이 찾아오면 울 수밖에 없는
기가 막힌 둘만의
애증의 감옥에 갇혀 있다

너도 외로웠을 것이다
나를 만나서 물때를 만난 듯
좋아하는 것을 보면
너도 외로웠을 것이다

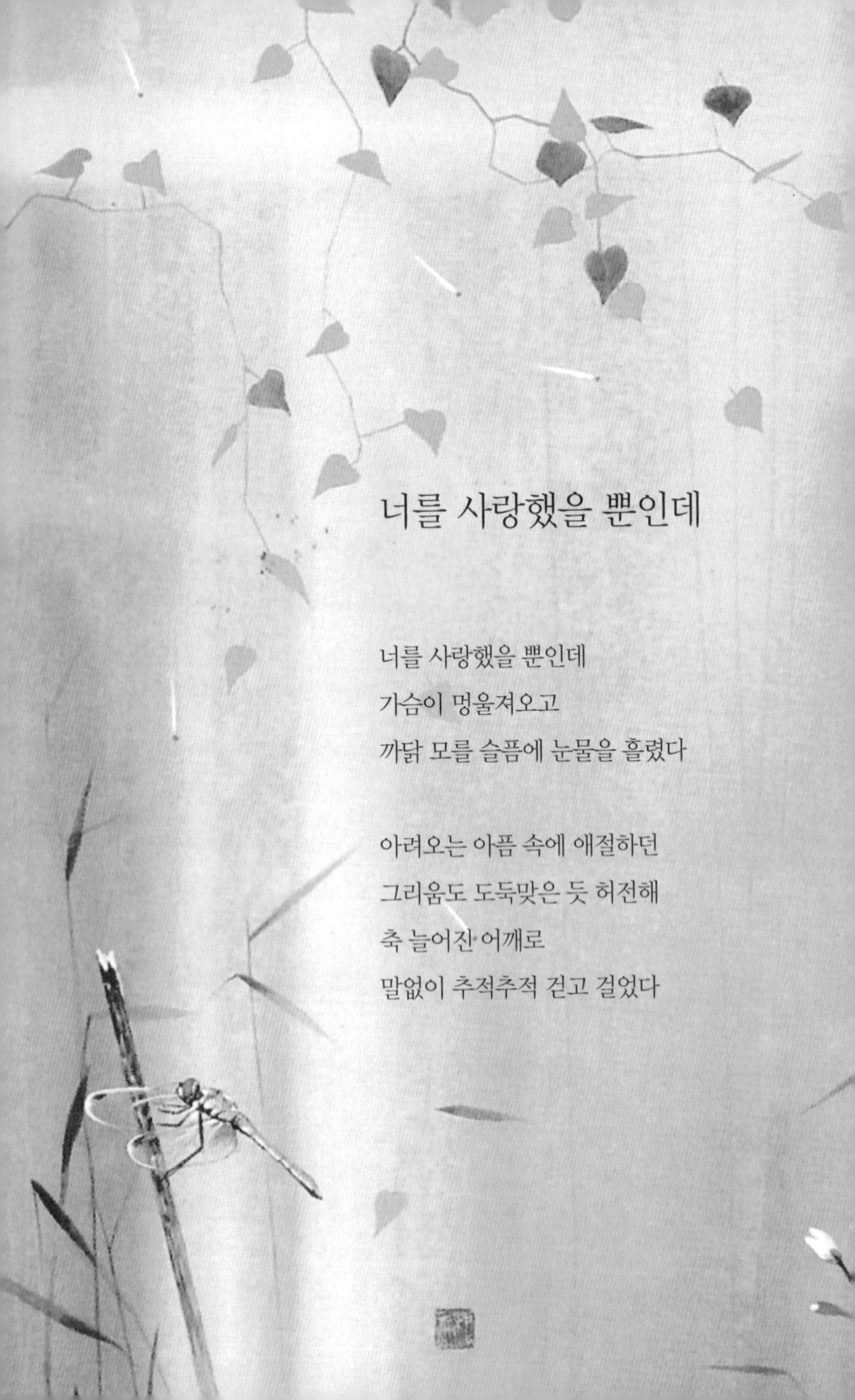

너를 사랑했을 뿐인데

너를 사랑했을 뿐인데
가슴이 멍울져오고
까닭 모를 슬픔에 눈물을 흘렸다

아려오는 아픔 속에 애절하던
그리움도 도둑맞은 듯 허전해
축 늘어진 어깨로
말없이 추적추적 걷고 걸었다

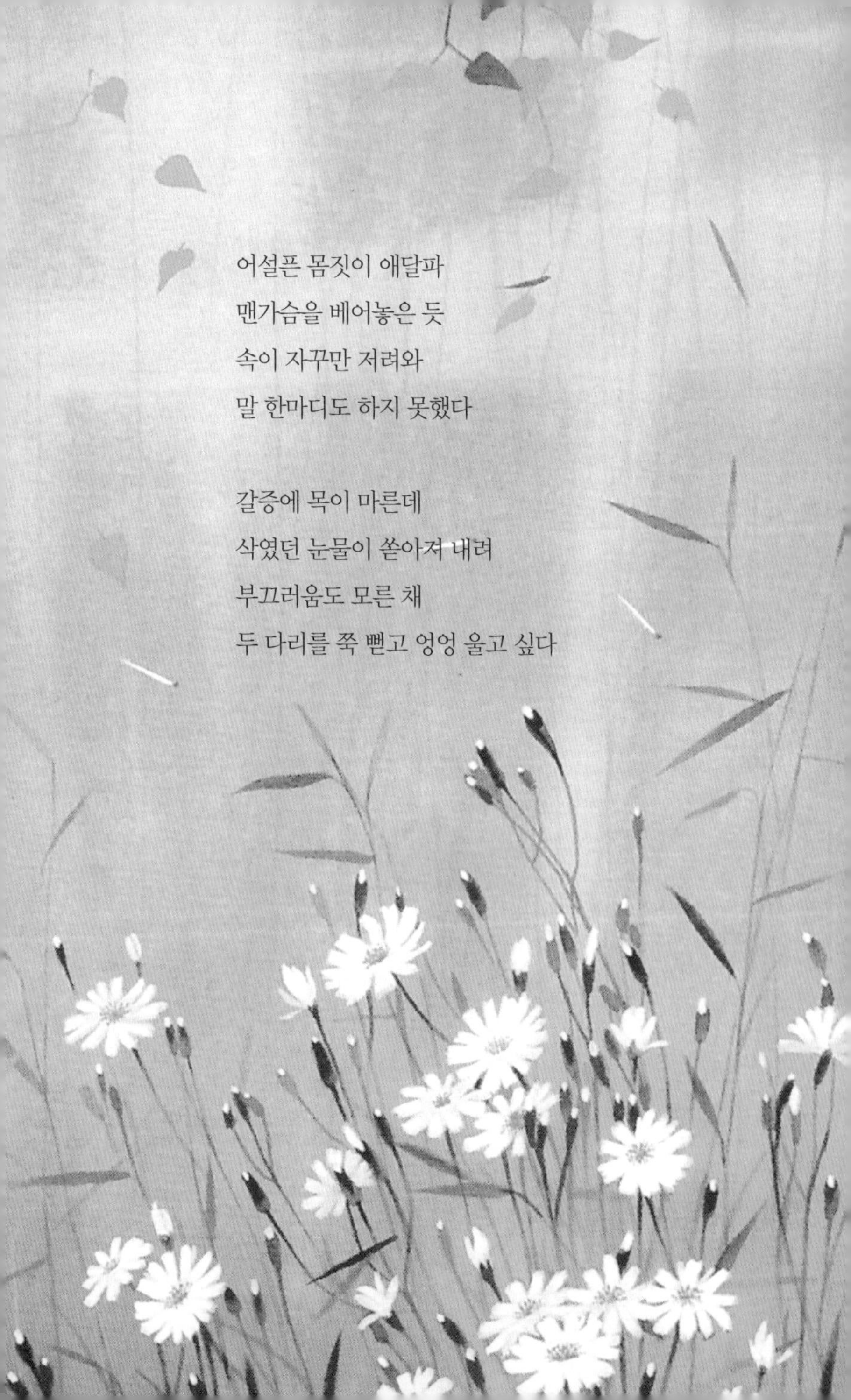

어설픈 몸짓이 애달파
맨가슴을 베어놓은 듯
속이 자꾸만 저려와
말 한마디도 하지 못했다

갈증에 목이 마른데
삭였던 눈물이 쏟아져 내려
부끄러움도 모른 채
두 다리를 쭉 뻗고 엉엉 울고 싶다

길고도 먼 이별 여행

웃었다가 한숨 쉬고
마는 것이 삶이기에
나를 둘러싼 모든 것에서
벗어나고 싶다

길고도 먼
이별 여행이 시작되었다

무거운 침묵이 흐를 때
눈물을 실컷 흘리고 나면
도리어 속이 편하다

꿈이 산산조각 나
증오가 가득한 마음에서
벗어나고 싶다

외로움이 비집고 들어와
고독에서 자란 눈물은
더욱 많이 쏟아진다

절망의 외진 골목에서
갈 길을 잃어 헤매는 날은
핏기 하나 없는 얼굴의
창백함이 지워지지 않는다

즐겁고 기쁘고 행복하자

흘러간 세월 앞에 선들
떠나가면 되돌아올 수 있을까
불행의 그림자가 찾아오기 전에
즐겁고 기쁘고 행복하자

덜미 잡혀 어이없이 끌려온 시간이 너무 길어
서러움이 다시 고개를 들기 전에
놓쳐버린 것들
잃어버린 것들을 다시 찾아내자

정신을 가다듬을 수 있도록
뜨거운 악수와
포옹이 필요하다

단순한 즐거움도 좋으니
운명조차 미소 지을 수 있도록
웃음이 마구 터져 나오도록
즐겁고 기쁘고 행복하자

사랑의 길을 잃어버리면

사랑의 길을 잃어버리면
혼자 남는다

어두컴컴한 고통의 그늘에 앉아
절망을 끄집어내어
울어보아도 소용이 없다

한숨 쉬고 뒷걸음쳐도
달라질 것 없어
눈물을 닦을 수밖에 없다

고민의 복잡한 미로 속에서
지칠 대로 지쳐버려
초점을 잃고 흔들리는 눈빛이
늘 불안하다

멀리 떨어져 있어도
자꾸만 아른거린다

어떤 기대도 하지 않았는데
돌아온다면
그리움의 문턱에 앉아
기다리겠다

끝 모를 그리움

핏발 잔뜩 선 변덕이
잡다하게 얼크러져
중심조차 잃었다

아무것도 예측할 수 없고
가늠할 수 없으니
외줄 타듯 위태롭다

온갖 시름에 시달려
조마조마해진 심장마저
쪼그라들어 기진해버렸다

웬 정이 덕지덕지 달라붙어
떨어지지 않고
제멋대로 설쳐대는지
한이 맺혀 못질을 해대는 것 같다

끝 모를 생각 속에서
저녁노을처럼 불타오르는데
참았던 눈물마저 쏟을 수 없어
억장이 무너져 내린다

청춘이 사라지기 전에

너무나 짧은 인생
오래도록 기억에 남도록
무엇 하나 모자람이 없는 사랑을 하자

모든 것을 사랑하고 좋아한다
원하면 같이 원하고
좋아하면 같이 좋아하고
싫어하면 같이 싫어한다

갈라놓을 것은
아무것도 없으니
놀라운 축복과 행운을 갖게 되어
기쁘고 즐겁고 행복하다

청춘이 사라지기 전에
영원히 사랑할 수 있다면
가슴은 더 뜨거울 수 있다

세월이 흘러가도

새침 떠는 너와
눈짓을 나눌 때가
기막히게 좋았다

냉정하고 차가움이 때로는
잔재미를 더해주기에
만날수록 좋아
행복하고 고맙다

둘이 하나가 되면
아무런 설명도
아무런 이유도 필요 없다

간격을 느꼈던 것들이 풀리면
고집스럽게 외곬으로
갇혀 있지 않고
자유롭게 만날 수 있다

세월은 누구에게나
시간을 허락해주기에
흘러가도 떠나가도
머물러 있다

너의 눈빛이
낯설게 변하고 있을 때

너의 눈빛이
낯설게 변하고 있을 때
갑자기 뒷머리를
세게 얻어맞은 듯 멍했다

미칠 듯이 절망감이 몰려와
더 이상 힘들게 살 이유가 있을까

짓궂은 운명이 나에게
손짓하며 다가와도
날 지탱하기가 힘들어도
널 기억하며 살겠다

악을 부추기는 몸짓을 보면
고통이 전류처럼
고문하듯 흐른다

절망감으로 뒤섞인 눈으로
주위를 살펴보며
어물거리며 낭비할 시간이 없다

나의 본래의 모습으로
돌아가고 싶다

episode 4

우리 함께 걸으면

사랑의 이유를 물었을 때

가슴 뛰는 소리가 들려
꼼작도 하지 않은 채
귀를 기울인다

새벽에는 가로등마저
고문당한 듯
눈빛이 늘어져 있다

갈증 난 입술로
사랑을 고백하기란 쉽지 않다

의심에 찬 목소리로
사랑의 이유를 물었을 때
할 말이 없었다

이별을 뒤에 감추고
울고 있는 너를 보고 있으면
비참해졌다

일상의 후미에 뒤처져
살고 싶지 않아
당당하게 살고 싶다

이별의 길

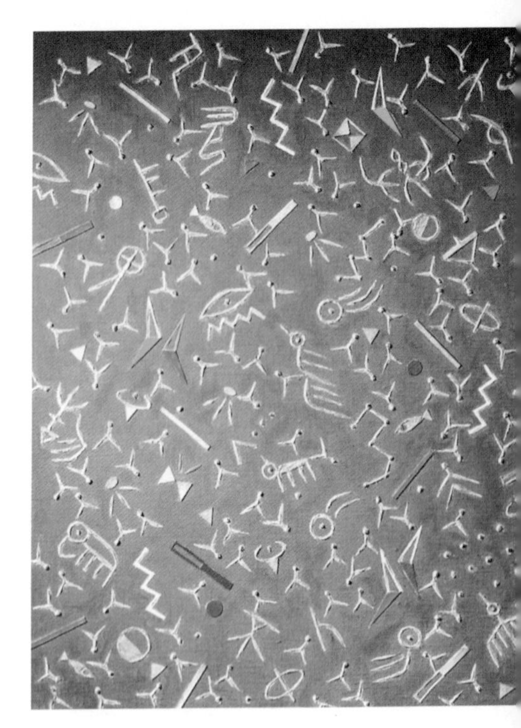

흔들림을 알았을 때
서툰 몸짓으로 머뭇거렸던
순간들이 아쉽다

세월이 흘러가도
자꾸만 쌓이는 그리움을
늘 아픔으로 삼켰던 것이
어리석었다

억척을 떨며 똑같은 심정으로
눈시울 적셔가며
기다릴 줄 알았는데
왜 남처럼 모른 척할까

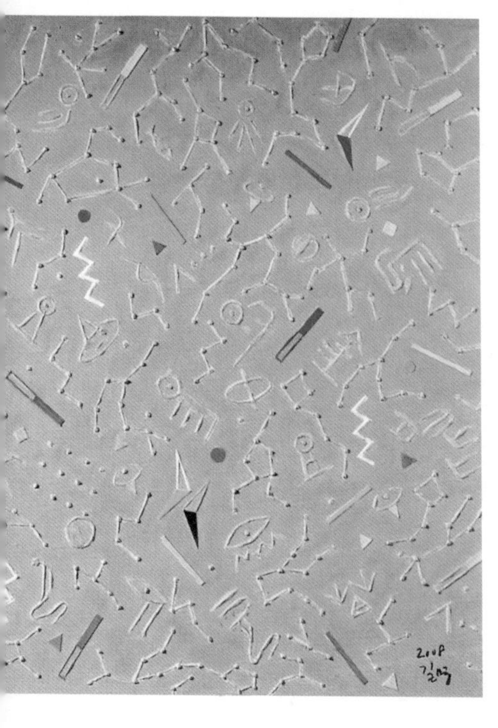

마음껏 좋아했어도
세월이 흘러가면
시들해지는 것을 왜 몰랐을까

그리움의 능선은 부드럽지만
이별의 길은 거칠고 험하다

아픔

살이 찢기는 것보다
마음이 갈기갈기 찢겨져 나가면
고통스럽고 견딜 수 없다

견고하게 쌓아오던 것들이
하루아침에 허무하게
무너져 내릴 때
고개를 떨어뜨리고 힘없이 풀썩 주저앉는다

고비 고비마다
맨가슴을 훑어내듯 아파올 때
홀로 내던져 버림당한 듯 외롭다

흩어지고 사라지는 시간들 속에
아무런 인기척도 없이 찾아드는
두려움과 불길한 예감 속에 환청이 들려온다

온갖 독소가 핏물에 섞여 돌고
대패질당한 듯하고
뭇시선이 못질해올 때
애절함만 남아돌아
죽음으로 내몰린 듯 괴롭다

끈끈했던 인연들조차 떠나가고
꿈마저 산산조각 나 흩어져 버릴 때
웅크려보아도 가쁜 숨소리만 나고
슬픈 눈물이 쏟아지는 걸 막을 수 없다

가야만 할 길이 끊어져 버려
질긴 아픔 속에 심장에서 떨어지는
고통의 핏물을 닦아야 한다

웃음소리

웃음소리는
행복을 만든다

살짝살짝 눈웃음치는
시선을 바라보고 있으면
재미를 느껴 장난기가 발동한다

손을 잡고 싶고
볼을 만지고 싶고
허리를 껴안고 싶다

내 마음에 마구 달라붙는
웃음소리는
즐겁게 만들어주고
큰 소리로 따라 웃게 만든다

배를 움켜잡고 하늘이 떠나가도록
웃을 수 있는 행복한 날들을
만들어가고 싶다

사색에 빠지는 것은

사색에 빠지는 것은
일상의 후미에
뒤처져 살고 싶지 않은 탓이다

매몰차게 찬바람이
뼛속까지 스며드는
외로움을 겪고 있지만
돌아올 것을 의심하지 않기 때문이다

감당할 수 없도록 힘들어지면
모든 것이 악몽으로 느껴져
숨이 막히고 말조차 하기가 싫다

관심에 먹칠해버리고
얼렁뚱땅 넘어가려 하지 마라
가냘픈 입술에서 토해놓는
신음 소리가 날카롭게
심장을 찌른다

용서의 눈빛을 보냈지만

받아주지 않아

슬픔과 고통의 자국이 점점 넓어져

잊으려고 걷고 또 걷는다

미움의 눈빛

미움의 매서운 눈빛이
상처 깊은 마음을
써억썩 톱질해놓는다

슬픔이 압박해올 때
더 괴로워
숨 쉬는 공기마저 착 가라앉는다

핏기 없는 눈에서
눈물이 뚝 떨어질 때
슬픔은 고개를 더 늘어뜨린다

진실을 알 수 없을 때
심장은 절망 속에서
거세게 뛰었다

감정이 수없이 삐꺽거릴 때마다
아픔이 드러날까
우울해지고 근심이 가득해졌다

축적된 슬픔 탓에
서늘한 호흡으로
숨 쉴 수밖에 없다

가장 행복한 것은

고달픈 신세
질퍽거리며 살지 않고
다닥다닥 엉켜 있는
고통의 밑바닥을 긁어내면
기구하게 시들던 날도 사라진다

심통 부려 꼬투리 잡아
닦달할 때마다
심한 안타까움만 쌓여갔다

사라질 얄궂은 목숨
구구하게 변명하기 싫어
얼굴이 고뇌로 일그러졌다

가슴이라도 사정없이
두들겨라도 보았으면 한이 없겠다
내 말을 귓등으로 듣지 마라
보고픔이 두터워지면
슬픔이 되고 만다

가장 행복한 것은
단 하나의 바라는 것으로
너를 사랑하는 것이다

누군가의 가슴속에 추억으로
남아 있을 수 있다면
나의 삶은 의미가 있다

절망이 끝날 때

깊은 소용돌이 속에
감각을 잃고 갈피를 못 잡아도
골방에 처박혀 있지 마라

고통의 안개 속에 주저앉아
시들어진 눈동자로
어리석게 고민에 빠져 있으면
보기 싫을 정도로 한심한 일이다

얽혀 있다고 못살게 굴고
낑낑거리며 안달 떤다고
헝클어진 것을 되잡을 수 없다

어둠 가득한 고뇌의 흔적과
삭막하고 처절한 쓸쓸함을 넘어
고초와 절망을 깨끗하게 지워야 한다

지치고 힘들어도
모든 것이 끝이 보일 때가 있고
절망이 끝날 때
고통의 기억도 말끔히 사라진다

당신이 주인공

삶이란 드라마에
당신이 주인공이다
멋지게 살아가야 한다

아무런 후회 없이
모든 것을 버리고
뛰어들어야 멋지게 살 수 있다

다른 사람이 한 일에
감동하고 환호하고
좋아하던 삶에서
자신이 한 일에
감동하고 환호하고
좋아하는 삶을 살아야 한다

다른 사람에게 늘 박수 치던
삶에서 벗어나
자신도 박수를 받아야 한다

단 한 번뿐인 소중한 삶 속에서
당신이 주인공이다

나는 지금 울고 있다

나는 지금 울고 있다

모든 것은 사라지고
모든 것은 변하고
모든 것은 잊힌다

홀로 남을 외로운 시간이 오기 전에
나약한 모습으로 구차하게 살기 싫다

삐뚤거리는 길을 살아왔기에
바른 길을 살아가며
방랑의 시간을 멈추고 싶다

고함치지 마라
싫다고 외치지 마라
지겹다고 몸부림치지 마라

시련이 고개를 돌릴 때
웃게 될 것이다

슬픔의 바닥

목숨도 사랑도
별처럼 빤짝이다 사라지고 마는 것
세월도 허물어지고
정신도 허물어지고 만다

고독이 흔들어놓아
갇힌 듯 괴롭다

죽음으로 가는 길
살아왔으니 떠나야 하는 것은
당연한 일이 아닌가

소홀해지고
시들해지기 전에
얽히고 얽힌 것들을
풀어헤치고 살아가야 한다

슬픔의 바닥이 어디인지 몰라
고통은 더 잔인하다

누구나 어느 정도의 행복은 누리며 산다

슬픔을 과대 포장하지 마라
누구나 어느 정도의 행복은 누리며 산다

언제나 함께할 것만 같았던 행복도
충동에 휩싸이면
쉽게 사라지는 거품처럼
한순간에 무너져 내릴지 모른다

걱정이 깊이를 다하면
절벽 앞에 서 있는 듯
두려움이 가득 찰 때
스스로 일어설 줄 알아야 한다

겉보기에는 불행하지 않지만
이 땅에 얼마나 많은 사람이
눈물로 살아가는가

슬픔과 고통을 알지 못하면
행복의 가치를 모른다

여행 1

떠나는 사람들이 있어
시작된다

응고된 피를
풀어놓아
힘차게 돌게 한다

잠시라도 틈을 내어 떠나면
흐트러진 정신을 맑게 해주고
잃어버렸던 낭만의 감각을 되살려준다

숨 막힐 듯한 갑갑증에 시달리던
일상에서 벗어나면
숨통이 확 터진다

낯선 풍경과
낯선 사람들을 만날 때
호기심 속에 일어나는 기쁨이 있다

상상과 현실이 다를 때도 많지만
바라볼 수 있다는 것만으로도
기대감을 충족시켜주기에 즐겁다

눈앞의 새로운 풍경이
가슴으로 달려오는 순간
잘 왔다는 생각이 든다

혼돈스러웠던 생각을
제자리로 되찾아준다

여행 2

순수하게 만들고
정직하게 돌아보게 한다

만나는 풍경이 마음을 통째로
흔들어놓을 때가 있다

힘들었던 몸이 개운해지고
새롭게 살고픈
용기가 생겨난다

만남이 얼마나 소중한가
정붙이지 못하고
떠난 아픔이 한스러워
달래고 있다

떠나면 홀가분해져

훌훌 털어버리고

느슨해진 삶에 힘을 팍 당겨준다

여행 그리고 커피

낯선 곳에서
낯선 풍경에 빠져들어
낯선 사람들을 바라보며
한 잔의 커피를 마시면 여유가 생긴다

도시의 거미줄같이 얽힌
걱정과 잡념과 근심에서
잠시 떠날 수 있게 만든다

삶도 잠시 스쳐 지나가는 것
하나둘씩
잊혀가는 것이다

눈앞에 다가오는 풍경을 바라보며
마시는 커피 향기가
깊이 스며든다

세계 어디를 가나

친근하게 다가오는 향기가 좋아

한 잔의 커피가 있어

즐겁다

산다는 즐거움을 느끼면

산다는 즐거움을 느끼면
콧잔등이 간지러울 정도로
신바람이 나 마음껏
호들갑스럽게 웃고 싶다

정지되었던 것들도 활력이 솟아나고
거대한 바위 같던 고민도 사라져
모든 것이 즐겁고
재미있고 흥미롭다

본다는 기쁨
느낀다는 기쁨
함께할 수 있다는 기쁨이
나눌 수 있다는 기쁨이
커다란 웃음을 크게 안겨주어
어깨를 으쓱거리고 싶다

『용혜원 사랑 시집』에 실린 작품들